só você me escuta no escuro

só você me escuta no escuro
PATRICIA XAVIER

Labrador

© Patricia Xavier, 2025
Todos os direitos desta edição reservados à Editora Labrador.

Coordenação editorial Pamela J. Oliveira
Assistência editorial Leticia Oliveira, Vanessa Nagayoshi
Direção de arte e capa Amanda Chagas
Projeto gráfico Felipe Rosa
Diagramação Emily Macedo Santos
Preparação de texto Priscila Pereira Mota, Bruna Tessuto
Revisão Ana Clara Werneck

Dados Internacionais de Catalogação na Publicação (CIP)
Jéssica de Oliveira Molinari - CRB-8/9852

Xavier, Patrícia

    Só você me escuta no escuro / Patrícia Xavier.
São Paulo : Labrador, 2025.
96 p.

    ISBN 978-65-5625-798-3

    1. Contos brasileiros I. Título

25-0300   CDD B869.3

Índice para catálogo sistemático:
1. Contos brasileiros

Labrador

Diretor-geral Daniel Pinsky
Rua Dr. José Elias, 520, sala 1
Alto da Lapa | 05083-030 | São Paulo | SP
editoralabrador.com.br | (11) 3641-7446
contato@editoralabrador.com.br

A reprodução de qualquer parte desta obra é ilegal e configura
uma apropriação indevida dos direitos intelectuais e patrimoniais
da autora. A editora não é responsável pelo conteúdo deste livro.
Esta é uma obra de ficção. Qualquer semelhança com nomes, pessoas,
fatos ou situações da vida real será mera coincidência.

sumário

apresentação —————————————— 7

dia
a ousadia final do homem de sorriso ocre ——— 11
esticado não é liso ——————————————— 16
garrafa de uísque vazia ——————————— 24
minha vingança eu carrego na bolsa ————— 27
cinco e sessenta ——————————————— 31
protagonista ——————————————————— 37
lençol de cetim azul ——————————————— 41
o aviso dos pássaros ——————————————— 46
quarenta e oito anos de inverno ———————— 50
linha de vida ——————————————————— 55

noite
perdeu a hora de ir embora —————————— 61
o cortador de limão —————————————— 64
a comida não esfriou de propósito ——————— 67

madrugada
perdi a bicicleta e caí no cangaço ———————— 73
fora do trem eu também existo ———————— 78
a gente caminha no breu ——————————— 82
só você me escuta no escuro —————————— 87

apresentação

Nos contos reunidos em *Só você me escuta no escuro*, deixo escorrer minha indignação em lidar com histórias interrompidas, retratadas diariamente por jornalistas como eu, condicionados à busca incessante pelo próximo assunto.

Apresento a você personagens inspirados em pessoas reais, expostas em reportagens, e adiciono a ficção para mergulhar em suas escolhas, entender o caminho que perseguem para suportar injustiças e angústias a que são expostas ou explodir, cada uma a seu modo.

Retratadas aqui, elas desafiam estruturas excludentes e enfrentam os sentimentos que o peito não consegue mais guardar. De dia, noite ou madrugada, encaram o ódio que serve de sustentação para as desigualdades, o pavor do assalto a caminho do trabalho, a necessidade de seguir depois de uma perda devastadora, o dilema de ter o cabelo crespo encarado como empecilho para conseguir emprego.

A história que empresta o nome ao livro expõe o absurdo da chamada escravidão contemporânea.

Só você me escuta no escuro capta fragmentos da realidade como sugestão à reflexão para que consigamos, enfim, nos importar.

DIA

a ousadia final do homem de sorriso ocre

Eu não quero uma medalha de destaque do mês no escritório. Só observo e ajudo a chefia no que posso para manter o bom funcionamento de tudo. Se vier algum reconhecimento, no entanto, de certo aceitarei.

Ele não se importa com isso. Parece que nada abala aquele rosto em formato de losango e cor de mandioca cozida. Os ombros se inclinam para a frente e fazem com que os braços finos e longos quase se arrastem pelo chão. Mas eu não reparo muito nos outros porque me conformo com o fato de que, nesse quadrado no último andar do maior prédio da cidade, somos números. Desafiamos a exaustão em cadeiras perfiladas com assentos ajustados no modo mais cômodo possível para pernas e colunas. O conforto simulado pretende evitar o cansaço dos rostos mantidos grudados nas telas em jornadas alongadas. Mas ele desafia a ordem desse mundo e simula medir forças com a empresa que, sim, exige produtividade e, sim, engorda com o lucro, mas garante salário que quase sempre dura até o meio do mês. Cochicha sobre mais-valia metido na calça marrom desbotada, nega-se a substituir as mesmas roupas que escondem seu corpo há décadas (e nos fazem o favor de não expor sua pele mole). Desafia o sistema com espiadas prolongadas nas salas de reuniões onde se metem os chefes, esquiva-se de questionamentos sobre quanto tempo leva em cada tarefa, já antecipando o que tentarão enxertar na sua jornada.

Demorei a perceber a ousadia do sujeito de andar irritantemente arrastado, dentes tingidos de café e contido em palavras, talvez porque naquele espaço elas dessem forma a pensamentos proibidos. Era segunda-feira. A folga do domingo me proporcionou o descanso necessário para observar as artimanhas do homem que se recusava a engolir o conteúdo de sua marmita na mesa, como todos os outros fazem no almoço. Ele se enfiava no elevador com o sanduíche na mão para atacar as fatias separadas por queijo e presunto em voltas lentas no quarteirão. Insistia em uma liberdade que a nós nos causava espanto. Não estaria satisfeito em estar empregado?

O que de tão especial faria (todos) os sábados que passamos de plantão? Aceitamos vender nosso tempo e, por mais que a sensação de sufocamento exija paradas para breves períodos de respiração profunda no banheiro, simplesmente realizamos as tarefas que nos são ordenadas. E naquela segunda eu percebi o ardil que ele repetiu na terça e na quarta. Meus olhos grudaram nas costas dele, desde às oito sol até às sete lua, limite para que os mais ousados começassem a ensaiar ir embora. O café sempre terminava no final da tarde, em grande parte porque ele, denunciado pela língua amarela e o sorriso sempre ocre, cercava a copa enquanto deixava dançar no ar apenas os meios de frases: "... esticar as pernas porque...", "...um tempinho para relaxar antes que...". Na quarta à noite, alonguei meu horário, inspirei coragem e entrei na sala do supervisor. Contei tudo o que vira na semana com a certeza de que tais fatos graves se repetiam havia muito. Não dormi.

Na quinta, quando ele se preparava para repetir o golpe, foi pego. O dono dos olhos enxertados entre olheiras e quase desaparecidos atrás das lentes espessas roubava, todos os dias, três minutos antes de bater o ponto na hora do almoço. Três minutos que nos obrigava a todos a cobrir sua ausência, atender os telefonemas destinados a ele, buscar os resultados exigidos pelo líder a quem estivesse carregando o escritório no momento. Os chefes chamaram os subchefes e todos entraram temerosos em chamada de vídeo com a matriz. Ao mesmo tempo, em uma sala embutida no subsolo, preenchida por mesas apertadas entre imensos armários pretos, dois seres suados calculavam todo o tempo roubado pelo ser que usava todos os dias o mesmo casaco marrom surrado. Displicente, amontoava na mesa copinhos de café usados que nunca chegavam ao cesto de lixo. Foi advertido e punido a devolver quarenta e sete horas de labuta, a começar imediatamente.

Aos meus olhos se juntaram todos os outros do escritório quando ele se levantou para almoçar. Examinamos o relógio: meio-dia em ponto. A mulher de cabelo grisalho rejuvenescido por uma franja volumosa argumentou que seria ainda onze e cinquenta e oito, mas logo entendemos que o problema era com o relógio dela, comprado na banca do camelô ao lado do ponto de ônibus.

No sábado, ele permaneceu prostrado em sua mesa quando deixamos o escritório já na parte escura do dia. Na segunda, pensei que talvez o carpete encharcado pelos guarda-chuvas fosse o responsável pelo cheiro azedo que dominava o espaço pela manhã. O dia que acontecia lá fora falhava em transpor as janelas seladas e impregnar a sala com alguma luz natural. Alertados por mim, os chefes chamaram novamente os subchefes para juntos absorverem por videoconferência os gritos dos superiores exigindo medidas mais enérgicas. O homem tinha a cara depositada no teclado como se tivesse fantasiado um travesseiro. Além dos minutos, roubou também nossas palavras. Em sua ousadia final, já não respirava.

esticado
não é liso

Eu nunca fico tranquila no ônibus de volta para casa. A padaria fecha às dez, mas leva pelo menos meia hora para baixar as portas e liberar todo mundo. Eu saio correndo porque ainda preciso pegar metrô e mais uma lotação.

Achei que seria por pouco tempo, mas já trabalhei dois natais naquele lugar com a desgraça do gerente no meu cangote. Não sei por que tem gente que, se pode mandar, acha que precisa ser com aspereza. Eu até sonho que peço demissão aos gritos em cima do balcão, liberando uma gargalhada depois de tanto ódio entalado.

Na condução, aproveito para caçar as vagas disponíveis nos shoppings. Não sei se o que eu mais quero é sair desse emprego de caixa ou calar a boca da tia Zu por dizer que não adianta ficar gastando dinheiro com curso para trabalhar no varejo, mesmo sabendo que eu quero aprender e, quem sabe, fazer uma faculdade de moda. Até ouço a voz dela repetindo: "Sabe que o povo ignora atendente da nossa cor?" Só não retruco desaforo por respeito à minha mãe.

Paguei o cadastro no site de empregos por três meses porque a Luana disse que mostram as melhores vagas assim. Em sete estações, já apliquei para cinco. E o pior é que gastei mais do que tinha com isso e vou ter que descobrir depois como estender o dinheiro até o fim do mês. Luana faz umas bijuterias sensacionais e parece que tudo combina com aquele cabelo curtinho, e o brilho do metal realça ainda mais a pele retinta dela.

Enquanto eu sonho com um trabalho novo, só levanto com mais ânimo na terça quando chego mais cedo para ajudar o confeiteiro. O gerente endiabrado repete toda vez que não vai pagar hora extra e parece que se recusa a ouvir quando eu respondo que já sei. Eu crio filmes na minha cabeça com pessoas sentadas em volta da mesa, tomando café quentinho e comendo a torta de limão feita por nós. E o confeiteiro só faz rir da minha touca gigantesca para prender todos os cachos e não deixar que nenhum fio se esconda no meio de uma trufa.

Luana diz que o volume do meu cabelo serve de inspiração para algumas peças. Às vezes, ela me pede para tirar fotos com os brincos para divulgar nas redes, e quer que eu me exiba com a última criação dela.

— Usa o brinco novo no baile amanhã.

— Eu não tenho sábado à noite, Lu. Sabe que horas eu preciso chegar naquele inferno no domingo? Pelo menos me deixam no turno da manhã.

— Não teve nenhuma resposta das vagas?

— Mandei para mais de mil e nada. Acredita que aquele gerente demônio só falta me revistar depois de fechar o caixa?

— Vai dar certo, Rafa. Se não, você vira minha sócia quando eu bombar.

— E eu lá sei fazer brinco?

— Eu faço, você só vem com o cabelão e arrasa, amiga.

No domingo, cheguei em casa desfalecida depois de trabalhar sem pausa, e parecia que tinha festa de tanta gente amontoada na sala.

— A cabeluda chegou.

— Oi, tia Zu, a senhora melhorou do estômago?

— Flor, sua mãe me contou que você ainda está insistindo nessa história de caçar vaga em loja de roupa. Vai trabalhar muito e ganhar pouco, eu já falei.

— É a profissão que eu escolhi.

— Se você quer mesmo, pelo menos dá um jeito nesse cabelo. Não vai conseguir emprego nenhum com essa juba.

— Eu não quero alisar, tia.

— Pega aqui o telefone do meu salão, resolve isso logo, Rafa. Vão te chamar para uma entrevista e você vai aparecer assim?

Parece que a tia Zu sabia que iriam me ligar. Eu fingi dor de barriga para atender a chamada sem que o gerente satanás viesse atrás de mim. Marcaram a entrevista para dali a dois dias e eu falei o sim mais rápido que consegui.

— Lu, o crédito do meu bilhete de ônibus já está acabando e não sobrou nada para o creme do cabelo. Queria uns cachos bem definidos, sabe?

— Você não faz doce, Rafa? A irmã da manicure da rua de baixo precisa de um bolo para o aniversário do filho dela.

— E eu compro os ingredientes como? Faço um bolo invisível?

— Eu vendi dois brincos, te empresto o dinheiro e ainda sobra para o ônibus.

Comprei os ingredientes na padaria mesmo e o gerente coisa-ruim ficou desconfiado em ver que paguei tudo em dinheiro; só pode ter pensado que resolvi esvaziar o caixa. Fiz o melhor bolo que consegui. Ficou um pouco torto, mas disfarcei a parte mais murcha com cobertura e chocolate granulado. Combinei comigo mesma de fazer outro igual para comemorar quando conseguir um emprego novo.

Tive que faltar na padaria porque marcaram a seleção bem no horário do expediente. Saí bem cedo de casa e esperei um ônibus menos lotado para não chegar lá toda amassada e acabar com as minhas chances logo à primeira vista. A entrevista foi na sede da loja, explicaram que depois distribuem quem passou pelos shoppings da cidade. A recepção parecia sala de casa de revista, e no teto tinha um lustre tão grande que fiquei pensando se eu estava no lugar certo. A moça da seleção reuniu todas as candidatas e o tempo todo que ela falou sobre a vaga não olhou para mim nem meia vez.

Então, disse que iria conversar com cada uma individualmente. Na minha vez, o rosto dela ganhou uma nuvem cinza, daquelas que podem estar só de passagem ou vão te deixar ensopado.

— Você sabe o nível das pessoas que consomem os nossos produtos, Rafaela?

— Parece gente muito chique.

— Por isso nós temos que manter um padrão de aparência dos colaboradores, entende?

Eu só fui entender no ônibus, quando abri a câmera do celular para esmiuçar minha imagem. Eu ainda não tinha perdido a vaga, mas ficou nítido que teria que vestir uma fantasia para poder entrar.

O salário era o dobro do mínimo da padaria e eu finalmente poderia fazer um trabalho que fosse um desejo meu, não só obrigação. Eu tinha caprichado tanto. Acordei de madrugada só para lavar o cabelo e fazer os cachos porque mesmo dormindo com a touca de cetim o cabelo amassa e eu precisava arrancar de mim toda a confiança que pudesse.

Cheguei em casa e dei de cara com a tia Zu, que não era a pessoa que eu queria encontrar. Disse que sabia da importância que eu dava para minha montanha de cachos e baixou a voz para confidenciar: "Nós temos que engolir amargor de vez em quando para poder conquistar alguma coisa." Mais tarde, falou para minha mãe avisar que já tinha marcado um horário no salão e disse até que pagaria.

...

Eu estava ali sentada e queria ligar para Luana, mas a mulher me chamou muito rápido. Ela falou qualquer coisa sobre eu ter muito cabelo, saiu apressada e voltou misturando uma pasta branca. Foi desembaraçando até fazer desaparecer todos os meus cachos. Achei que tinha desmaiado mesmo vendo que meu corpo ainda estava firme na cadeira. O creme com cheiro forte fazia meu couro cabeludo arder e minha garganta fechar. Eu chorava sem saber se era de medo de não conseguir respirar ou de nunca mais ser eu mesma. Tentei encaixar meu rosto no meio daqueles fios desencrespados e estacionei na imagem do espelho com o peito pesado porque eu não me encontrava.

O gerente capeta teve a audácia de falar que eu ainda iria implorar para voltar.

Na primeira semana na loja, percebi que as pessoas que entravam desviavam de mim. Uma delas me pediu um café. Outra fingiu que não me ouvia. A outra atendente começou a repetir que eu afastava clientes, e foram só uns dias até a chefe da equipe me colocar no estoque. Na saída, ela demorava mais na revista da minha bolsa, enquanto meu coração pulava e o corpo fervia não porque eu tinha escondido algo, mas por não saber como deixar de ser essa imagem suspeita vista por ela. Percebi que meu cabelo não muda o que veem antes de me enxergarem. Esticado não é liso. É como uma blindagem usada pela minha mãe e tia Zu. Talvez esperem com isso ver menos da feiura que dizem que nasceu com elas. Mesmo assim, elas abriram caminho com as unhas e agora eu posso escolher.

...

Depois de dois meses, faltei pela primeira vez na loja sem pensar nas consequências. Na hora marcada, Luana me esperava na frente de casa. Fez questão de conferir o que eu tinha explicado na mensagem: já estava com um pouco mais de dois dedos de raiz natural. Nós descemos a rua de mãos dadas na direção do salão sem soltar uma única palavra.

Agora mesmo é que todo mundo vai falar que somos irmãs.

garrafa de uísque vazia

— A chave, por favor.
— Dani, você acha mesmo que eu não vou precisar voltar aqui nenhuma vez? Acha que tudo o que eu tenho cabe nessa mala?
— Aqui você não entra mais.
— Eu sei que talvez agora você não consiga...
— Dá a chave da minha casa.
— Nesses anos que a gente se conhece, quantas vezes você já errou?
— Otávio, eu não tenho mais forças.
— Você me ama, Dani.
— Eu sempre disse que não gostava desse quadro.
— Seu cabelo está diferente, parece mais curto.
— Se eu pudesse viajar agora, Otávio, para onde eu iria?
— Que bobagem é essa, Dani?
— Por que você nunca perguntou o que aconteceu pra eu não falar mais com a minha irmã?

— Porque não me interessa.

— Exatamente.

— O que ela tem a ver com a gente?

— Eu sempre odiei esse quadro e você pendurou no meio da sala. O que tem a ver essas bolas vermelhas escorrendo? Horrível isso.

— É uma obra-prima, você nunca soube apreciar.

— Você pode ir agora?

— A gente já conversou sobre tudo isso, Dani. De novo esse drama: você me expulsa de casa, começa a falar do quadro, que aliás eu paguei uma fortuna.

— Você sente alguma coisa, Otávio?

— Dani...

— Eu disse que estava tudo bem, mas eu não consigo. O que você fez...

— Você disse que ia ficar do meu lado.

— Eu não posso. Eu sei, foi um acidente, mas você fugiu, você chegou em casa e dormiu.

— Mas já foi, já passou. Eu pensei que... e se a gente fizesse uma viagem, hein?

— Você me contou sorrindo que atropelou uma pessoa, Otávio. Achei que fosse nervoso, mas você estava sorrindo.

— Ninguém viu, Dani.

— Você prometeu ajudar a família, a mãe dele apareceu no jornal.

— Dani, calma. Isso vai te fazer mal. Você precisa relaxar, vamos pro Rio, que tal?

Daniela olhou em volta. Agarrou a garrafa de uísque esvaziada por ele na noite anterior e, com toda a força que conseguiu juntar, atirou no vidro que protegia o quadro.

minha vingança eu carrego na bolsa

Vou sair no horário hoje. Não é porque venho só uma vez por semana ao escritório que preciso trabalhar dez horas por dia. A estrada me espera, não quero deixar minha mãe jantar sozinha e preciso me entregar à ilusão de que posso me proteger em casa do sentimento que gela por dentro quando o dia escurece.

Saio antes das dezessete, só oitenta quilômetros, não sei se ouço um audiolivro ou música para relaxar. Pego essa reta de asfalto e finjo uma vida previsível; evito pensar que o inesperado pode bagunçar de novo meu destino.

Já insisti tanto com a mamãe para mudar de cidade; poderia ser perto de onde trabalho, precisamos ver outros rostos e saber como é possível conviver com tudo que não quer ficar no passado. Olho a mulher frágil que ela virou e cresce em mim a certeza de que o trauma tem som e ela não se acostuma ao que escuta nas noites aumentadas pela lembrança.

Desde que pularam o muro de casa e estilhaçaram nossas vidas, ela dorme na sala como se fosse capaz de impedir outra invasão e evitar mais tragédia. Comprei televisão nova, fechadura mais segura, mas não tem o que faça o coração dela (e o meu) parar de saltar.

Dou passagem a um comboio de dois carros-fortes e meu pensamento entra naquela jaula, imaginando homens suados, tremendo para proteger valores que não são deles. Olho para o banco do passageiro: comprei torta com recheio cremoso de frango; quem sabe a mamãe fica curiosa, aceita conhecer a cidade onde trabalho e ousa refazer a vida.

Gosto da estrada, cem por hora, azul em cima e verde dos lados. Dois carros passam ignorando limites e, desmanchando a falsa calmaria, costuram os outros como se não pudessem perder o alvo que se distancia à frente. Permaneço à esquerda, corro também, mas com cuidado.

Quarenta quilômetros, tenho a impressão de que a estrada aumenta conforme a angústia ou a pressa. Mamãe pediu para eu trabalhar em casa hoje, mas não faço as regras. Meu corpo geme em pensar na velhinha com a mão no peito, prevendo desgraça, vigiando as câmeras de segurança fixadas ao redor da casa. Parece que arranjei emprego em multinacional só para pagar obra e fechar tudo feito cofre.

Só faltam vinte quilômetros, diminuo a velocidade quando vejo outros motoristas parados, fazendo sinais que não entendo. Passo por eles devagar, olho para o banco do lado, estico a mão e seguro firme minha bolsa. Solto, coloco as duas mãos no volante, penso em engavetamento, mas vejo os veículos lado a lado. Bate a agonia de ficar presa em congestionamento e ver o céu perder luz.

Um dos carros que me acompanhava no ritmo mais lento começa a dar ré; fixo a atenção à frente para saber a que tenho que reagir. Ouço uma explosão. O pedaço de alguma coisa sólida bate na minha dianteira, tento ir para trás e não saio do lugar. A fumaça se dissipa, vejo os dois carros-fortes tombados e veículos menores parados com todas as portas abertas. Os dois que passaram voando por mim expelem homens vestidos de preto, só os olhos à mostra, armas compridas nas mãos.

Não sei qual é a distância que estou deles, penso no perigo caso decidam vir em minha direção, e, enquanto o medo me congela, observo o bando carregar os malotes, em movimentos apressados.

Com o veículo parado, agarro minha bolsa, abro o zíper, enfio a mão dentro, está lá. Não posso chamar atenção, mas sei que preciso abrir distância desse absurdo, então saio em direção aos carros que ficaram para trás. Durante a corrida, o pavor me planta a dúvida se já dispararam uma bala na minha direção e ela corre para me alcançar. Só obedeço a imposição do meu corpo de me apegar à vida. Passo por alguns veículos e me escondo atrás de um caminhão. Escuto vozes repetindo fuzis, milhões. O asfalto faz ondas. Vomito.

Meu suor forma caldo com as lágrimas e quero abraçar minha mãe. Quero gritar e voltar àquela noite quando os homens, tomados de raiva pelo dinheiro que não tínhamos em casa, arrancaram meu pai de nós. Muro alto não impede roubo e carro blindado não resiste a granada. Meus músculos enrijecem com o ódio e a exaustão por não saber como viver com som de grito, e o choro grudado no ouvido explode por dentro. Ouço sirenes. Pego de dentro da bolsa a única coisa que me ajuda a ficar de pé.

Caminho no meio da rodovia, com a arma apontada aos homens que, assim como a gangue daquela noite, me impedem de seguir.

cinco e sessenta

Marcinha cismou que viu a foto do meu irmão na televisão. Reconheceu João Miguel porque a lembrança do outro está na frente dela todos os dias, já que a nossa cara é a mesma.

Em casa não tinha costume de vestir gêmeo igual, mas minha mãe sempre dava um jeito de deixar nós dois bem parecidos, e crescemos com mania de puxar o cabelo para o mesmo lado, usar camiseta sem estampa e meia com bermuda. Quando eu comecei a namorar Marcinha, o desgraçado tentava beijar a menina fingindo que era eu, só para irritar, mesmo porque ele não gostava de mulher. Não brinco com isso, mas sempre sai da boca sem dar tempo de segurar a língua. Não devia mais falar no assunto depois de tanta desgraça em casa.

No último carnaval, ela inventou de sair no bloco do bairro. Eu disse que iria se fosse fantasiado daquele palhaço. Deu meio-dia e a mulher já estava pronta, esperando na porta. Dava uns passos de um lado para o outro com o biquíni no lugar de fantasia. Eu apareci na porta e ela caiu na risada, curvando o corpo, derrubando cerveja no quintal.

Eu adaptei minha fantasia de Bozo para o calor de trinta e cinco graus. Arranjei a peruca vermelha, com as duas partes do cabelo em formato de ondas congeladas no ar, colei o nariz de palhaço e desenhei a sobrancelha exagerada e a boca vermelha esticada até a bochecha com o batom dela. Botei um short azul e a faixa vermelha na cintura, era só isso de roupa que dava para usar.

Bem criança, eu e meu irmão grudávamos na televisão para assistir ao Bozo e, quando ele perguntava as horas para o outro palhaço, nosso grito desesperava os cachorros em casa: "Cinco e sessentaaaaaa!". Marcinha gargalhava ouvindo a história de novo, falava que era coisa de velho.

A gente se meteu no bloco e bebi para esconder a irritação daquele empurra-empurra de gente suada. Quando viramos a esquina, vi de longe uma cabeça que parecia a minha, com a mesma peruca de Bozo, girando com as mãos levantadas. Agarrei Marcinha e fomos furando a multidão para alcançar o imitador da minha fantasia. Já levava no rosto a risada, esperando, quem sabe, umas fotos pra gente bombar nas redes. Eu botei a mão no ombro do outro Bozo e ele se virou com a cara pesada. A minha boca foi fechando devagar para imitar a dele e eu soltei: "João Miguel?" Ele respondeu dizendo meu nome: "João Pedro."

A gente achou um canto na calçada para evitar ser arrastado pelo povo. Ele tinha voltado para o lugar de onde eu nunca saí. Vestia short e faixa como eu, não caprichou na maquiagem do palhaço, acho que não tinha quem emprestasse o batom. Disse que desejou se perder um pouco antes de sumir. Eu perguntei se ele ainda gostava de homem e explodi no asfalto fervendo com o empurrão. A raiva me levantou e revidei; aí o povo já começou a gravar a cena dos dois Bozos brigando, e Marcinha puxou a gente para dentro de um bar. A cerveja gelada esfriou nossa vontade de estraçalhar o outro no braço e o álcool me ajudou a liberar coragem para falar o que eu precisava desde o dia da expulsão de João Miguel de casa pelo pai.

— Eu não devia ter contado do seu namoro com o vizinho. Se fosse hoje...

— Se fosse hoje o quê?

— Eu nem ia me meter.

— Nem ia se meter? Duvido. Qual foi a primeira coisa que você perguntou quando olhou na minha cara? Se eu ainda gostava de homem, não foi?

— Foi, mas não é da minha conta, não.

— Quase vinte anos e tua cabeça continua igual, né, João Pedro?

Continua sim. Não acho que o pai fez certo, mas eu queria meu irmão como achava que ele tinha que ser. No fim, fiquei com a tristeza aumentando, sem saber onde estava a pessoa que sempre entendeu tudo em mim. Não procurei, achava que ele ia voltar depois da morte do pai. Essa infelicidade toda levou a mãe também. E eu não sabia como remendar o que ajudei a rasgar.

Estranhei quando ele falou que estava sozinho no bloco. A gente voltou para casa já no escuro e meu irmão vigiava os lados e baixava a cabeça quando o povo mais jovem grudava, perguntando que fantasia era aquela. Marcinha entrou em casa e sentamos na calçada. As latinhas de cerveja foram somando o tempo da conversa, lembranças das tardes de futebol, as mentiras que ele criava para não ir à escola, era dor de barriga, dor de cabeça, dor de estômago, de tanta dor a mãe arrastou o João Miguel para o benzedor e perdeu a fala quando o homem disse que o menino ia dar trabalho onde aparecesse. De longe dava para ouvir batuques, gritos, gargalhadas. E sirenes. A expressão no rosto dele foi ganhando sombra e a voz escureceu:

— Eu não sou mais aquele teu irmão, João Pedro.

— Disso eu sei, também mudei.

— O que eu estou dizendo é que minha vida tomou outro rumo, fiz bobagem por aí, preciso chegar no Paraguai.

Por isso ele tinha voltado: veio por causa da fronteira que nossa cidade faz com o país de lá. Contou sobre os crimes e pesou em mim a culpa de ter jogado meu irmão no mundo, no desespero da solidão. Ficou rodando na minha cabeça porque me intrometi no fato de ele não querer namorar mulher. Não conseguia entender meu irmão diferente de mim. Minha cabeça rodou, queria que ele ouvisse o pedido de perdão que eu não conseguia gritar.

Demorei a perceber a viatura da polícia avançando na rua até parar na frente de casa. Ouvi um deles falar em denúncia, olhei para a porta e vi metade da Marcinha espiando. O policial perguntou quem era o João Miguel. Quis roubar o nome dele, devolver a vida que eu não deixei meu irmão viver, experimentar um inferno diferente do remorso. Olhei de novo pra ela, e apontei para o homem acuado. Tinha recompensa por ele. De novo ele foi embora, e agora acho que a nossa cara nem é tão igual.

protagonista

Ele dá passos curtos e solta frases histéricas formadas por palavras abafadas pela respiração ofegante. Acusa a mulher diminuída em um canto do sofá de nunca estar satisfeita. Vendeu a casa herdada na vila que passou a infância para se espremer nos poucos metros quadrados do apartamento. Tudo para que ela pudesse ficar perto do metrô, já que nunca aprendeu a dirigir, e assim chegar mais rápido no curso de francês, na ioga e no que mais inventasse, e ainda tinha do lado de casa mercado, farmácia, loja de vinhos. Uma vida com muitas facilidades, que ela nunca reconhece.

No tom que alterna entre a irritação e o desespero, a voz dele se avoluma para dizer a ela, agora com o corpo curvado e os olhos congelados que sim, deveria entender toda a irritação dele com a saia curta, as camisas não lavadas, os sorrisos postados nas redes com os colegas do curso. Ela é obrigada a reconhecer que ele se sacrifica na empresa do pai somente por ela, pela chance de morar em um prédio com piscina de borda infinita e vaga de carro elétrico na garagem.

E ela, que agora parece querer se transformar em um ser invisível, sentada com as pernas grudadas e a cabeça levemente abaixada, é uma ingrata, um ser mesquinho capaz de reclamar do videogame jogado na sala, das latas de cerveja fazendo marcas na mesa de centro, das ausências dele até a madrugada.

Ele circula com passos pesados, o corpo se alternando entre a sala e a sacada ainda não envidraçada, distante dezesseis andares do chão. Leva os gritos para esse espaço que deixa os corpos expostos ao abismo, sem se preocupar com a projeção da sua voz no meio da manhã de sexta-feira.

Ela reconhece aqueles gritos, guardados no sótão do cérebro desde criança. Lembra quando a mãe fechava a porta do quarto para não deixar à vista o pai sem controle. Sabe que o coração acelerado exige resposta que a mãe não aprendeu a dar.

...

Sua visão do andar de cima é parcial, mas pode ver o homem em surto aparecendo na sacada e olhando para baixo como se medisse a distância. Sexta é o único dia que o escritório permite trabalhar de casa e você precisa entregar produtividade, mas a concentração é roubada pelo medo da tragédia. Não ouve a voz da mulher, nem choro, nada. Busca os números e está com os dedos prontos para chamar polícia, bombeiro, ambulância. Manda mensagem para o zelador e precisa insistir para que o homem vá até o andar. Ele pede a companhia de um dos seguranças do condomínio para deixar o potencial uso da força espremido nas entrelinhas da visita.

...

A campainha toca e não consigo entender se o que sinto é medo ou alívio.

Ele parece hoje mais nervoso do que todas as vezes que explodiu em fúria e socou a porta da geladeira. O puxão no meu cabelo ainda dói na alma. Tentei encontrá-lo no olhar, mas ele não estava lá. Vejo um certo prazer no rosto desse homem quando sua voz fica alta demais e faz meu corpo tremer. Ele passa ao meu lado em direção à porta, me inclino, mesmo longe, para evitar o toque.

Ele responde com poucas palavras e, sem que ninguém me pergunte nada, confirma que está tudo bem. A pausa forçada faz que ele se cale. Continuo imóvel enquanto o vejo dar uma volta sem rumo pelo apartamento, pegar a chave e finalmente sair.

Permaneço sentada, meu corpo pede água, mas eu não tenho forças para atendê-lo. Entro num túnel da imaginação que me leva para uma sala de cinema escura, com uma única poltrona em frente a uma tela imensa. Vejo nós dois, aparecem cenas curtas de todos os capítulos da relação que definha. A proibição de usar batom vermelho, as respostas sempre em gritos, as piadas sobre meu corpo. Pauso a projeção e não entendo por que ainda não forcei uma virada nessa história.

Percebo que horas se passaram, me levanto devagar, encho a mala de rodinhas e me arrasto até a estação de metrô. No vagão, conto o número de paradas até a rodoviária. Em uma plataforma qualquer, sento no banco e esboço destinos, imaginando a vida possível à espera, enquanto seguro firme o bilhete do metrô de volta para casa.

lençol de cetim azul

Já cumpri as décadas exigidas de trabalho e agora, sem muito dinheiro para viagens, me apego aos instantes que perdia enquanto estava presa entre congestionamentos e reuniões. Cuido das minhas orquídeas e vejo programas de crime na televisão. Dizem que velho acorda cedo, me acostumei a levantar às sete, acho que o corpo tem memória e, depois de tanto tempo encarando o dia no mesmo horário, os ponteiros de dentro repetem a rotina. Ele ronca e eu escorrego no lençol de cetim prendendo a gargalhada que quase escapa só de lembrar da gente sem conseguir se firmar na cama por causa do tecido, cabeça deslizando do travesseiro, perna teimando em escorrer para fora do colchão. Mas as meninas acharam chique o presente, tecido fresquinho para velhos calorentos, e ganhamos logo dois conjuntos, branco e azul. Essa noite ele quis o azul, mas teimei e botei o clarinho.

Deixo-o dormir mais um pouco e vou me arrumar para pegar pão na esquina. Viro e olho aquelas costas no movimento ritmado para respirar, o cabelo que nem vi ficar branco e o pijama preferido cheio de fiapos. O ronco, que já me fez querer desistir de tudo, virou parte do que é a noite para mim. Sempre deixo a porta do banheiro entreaberta, caso ele precise. Esfrego com a palma da mão o embaçado do espelho e escovo o cabelo ralo devagar.

Não me importo em encarar a fila na padaria à espera da fornada; escolho os torradinhos que ele gosta e pego um sonho só para fazer surpresa. Ele aparece na cozinha seguindo o cheiro de café, me dá o mesmo beijo no pescoço e liga a televisão pequena para ver o jornal. Eu parto o sonho em quatro pedacinhos e brigamos de mentira porque ele sozinho come três e solta a risada que me faz voltar aos anos 1970 na repartição. Ele vinha atrás no corredor e soltava esse som que para mim parecia música, e virou nossa trilha.

As meninas vêm no domingo e nossa missão de sábado é fazer supermercado com tudo o que elas gostam. É sempre difícil porque agora é um tal de *low* isso, pouco aquilo, nem a mãe pedindo botam açúcar na boca. A mais velha parece que copia a risada dele, no mesmo tom, na mesma duração. Eles lavam a louça e eu enfio a cara nas palavras cruzadas.

Bem cedo ele já está metido na camisa bem passada e deixa ao lado da porta a mala pequena para levar na cabine. O neto espera com o desenho na mão, sem aguentar a felicidade em dividir o quarto com o velho, apesar de achar que toda noite o vô dormia com um motor na garganta. Só uma semana, ele fala, dá o beijo no pescoço, a porta bate e eu tenho essa reação de me virar e ver a chave balançando. Uma semana, sete dias, não sei quantas horas. Nunca fiquei contando a distância assim.

Fico de preguiça à tarde, cochilo vendo novela. Começo a preparar os legumes para a sopa, corto as cenouras e lembro do rapaz da feira dizer que são orgânicos, mas não sei a diferença. Sinto uma fisgada no meio do peito e seguro firme a ponta da faca como se isso fosse ajudar a dor a evaporar. Fecho os olhos e chamo por ele; o relógio me explica que o voo agora está na metade. Lembro da lasanha para preparar quando ele voltar e sou puxada de volta pelo grito do telefone de toque antigo, igual da repartição. Ouço a voz pesada e entro na escuridão.

Minha filha mais velha me quis perto por um tempo. Achou que a tristeza ia me engolir, eu só conseguia terminar uma frase depois de um suspiro profundo ou nem ia até o fim, ficava suspensa, me imaginando personagem de um filme. Via a foto dele na televisão, o nome escrito embaixo. Insisti e voltamos para casa.

O chinelo dele com as marcas dos pés, ainda à espera do lado do sofá. A caneta largada junto das palavras cruzadas que ele pegava de mim e nunca terminava. As meninas acharam uma camisa nova no armário, mesmo intacta parecia já ter o formato do corpo dele, como o pijama rasgado e a calça de moletom surrada que eu proibia que usasse na rua. Sentada na beirada da cama, meus pés flutuavam, ouvi o ronco e procurei aquele corpo que fazia barulho para respirar. Do lado dele da cama, a marca de um amassado da última vez que se sentou ali para calçar os sapatos.

Abro os olhos, já com a quentura do sol desbotando a poltrona de veludo preto encostada na janela. A dor insiste em comprimir as têmporas e me faz lembrar que os planetas ainda fazem seus movimentos, apesar. Cubro os olhos com as mãos, os esmaltes corroídos até a metade das unhas, lenços amassados espalhados pela cama. No taco sem brilho, o chinelo virado distribuindo azar me fez pensar se essa não teria sido a causa de toda tragédia. Queria retroceder o mundo à força vinte e quatro horas e me prender no passado.

O mundo não sente essa ausência. A tragédia não está mais na chamada do jornal. Olho para as meninas e vejo o nariz largo dele em uma, os olhos teimosos na outra. Vou fazer força para chegar no amanhã, mas hoje ainda preciso ficar no ontem e dormir na cama coberta pelo lençol de cetim azul.

o aviso dos pássaros

Um pedaço da minha família foi assassinado como passarinho derrubado por estilingue. Não reconheço mais o lugar que me apresentou o mundo e só encontro casa no abraço de quem ficou.

Viver perto da água virou lembrança de ter o corpo sempre em movimento. Nadar era ensinado antes das letras. Meu pai criou rotina de reunir as crianças no final de tarde, mostrar como mexer os braços, cadenciar a respiração, acalmar os músculos e respeitar o balanço. Quem já entendia como sobreviver, trocava a aula pela brincadeira. Eu me interessava pelos reflexos dos raios de sol e o embalo da corrente trocando energia. Minha parte preferida era deslizar com os olhos no céu e me sentir natureza.

Eu não contava minha idade em duas mãos quando aprendi a usar o arco para flechar comida.

A canoa escorregava em silêncio e de repente parava pra gente conhecer o instante exato de atacar. A frustração foi minha companhia no começo, não tinha rapidez, só consegui levar almoço para casa quando conheci o meu próprio tempo.

A horta da vila ficava em terreno plano, alimentada por sol e água limpa, e oferecia ilusão de canteiro desenhado com régua. A alface refrescava o gosto, o coentro amargava, o quiabo me dava nojo. A chicória eu não comia, só ria do nome e pensava na magia de ver semente virar sustento.

As águas começaram a carregar o que não pertencia a elas e anunciar mudança. Plástico, lixo, esgoto. Eu me lembro dos pesadelos depois de encontrar peixes vazios de vida, derrotados pela poluição. Quis saber do meu pai quem era o culpado e não aceitei a resposta: "Nós." Ele ouviu a conversa dos pássaros, anunciando o fim da calmaria. E a tragédia maior assolou nossa existência.

A terra tremeu com o estrondo e meu pai reuniu quem estava por perto sem saber para onde fugir. A montanha chamou e subimos o mais alto que as pernas alcançaram. A lama não aceitou mais ser contida pela barragem. Vestiu fúria. Tomada pela força, espalhou destruição, quebrou e arrastou corpos. Encobriu todas as casas, sufocou as galinhas, os cachorros, a horta, e tatuou a marca de irreparável em todas as nossas perdas. Abafou o canto, arrancou a dança dos nossos corpos e apagou o futuro. E a água, carregada de metais, pediu desculpas por não conseguir mais respirar.

Meu pai passou os dias seguintes chafurdado na lama, buscando o resto de quem foi engolido. Fomos para uma casa que não é a nossa e bebemos água estocada em caminhão. A vida chega pela escuta, mas daqui não ouço mais os seres que dividiam os dias com a gente. O chão não guarda o calor da terra e o sol ressurge acanhado por frestas nos cantos da janela.

Perdemos o rio que nos alimentava. O espírito dele foi embora e o choro das crianças denuncia a falta. Enquanto não enxergamos amanhã, formamos roda para contar passado. Ouvimos como ele nos encheu de sentido, e o silêncio vira resposta para a pergunta sobre o que vai ser.

As buscas pelos sumidos acabaram. Saí cedo do abrigo e andei ainda no escuro pelo asfalto manchado de marrom até a cidade desaparecer. O cheiro podre aumentava e segui o caminho repetido tantas vezes até a vila. O barro espesso sugou os meus sapatos e senti o fundo aumentando distância.

Mataram meu parente-rio e tento saber agora como enterrar minha tristeza-avalanche.

quarenta e oito anos de inverno

Eu congelei na calçada, esquecido de caminhar quando as grades não limitavam mais meus passos. O automóvel preto se aproximou e eu sabia que aquele seria por algum tempo o único rosto conhecido e não temeroso dos meus movimentos.

Meus mais de dois metros ficaram confortáveis na lataria imensa com painel como se roubado de um avião. Ele me perguntou como eu me sentia naquele momento e busquei palavras no meu arquivo ultrapassado, mas nenhuma parecia responder dignamente à pergunta que não era banal. À parte da sociedade, li sobre um futuro em que humanos conviviam com máquinas que falavam sem sentir. Como nós. O painel exibia um mapa sempre em movimento, e pensei como um indicador de localização teria sido útil quando me acusaram de estar onde eu nunca havia pisado. Durante a maior parte da minha vida fui o único a carregar minha verdade e falhei em me provar inocente para os que duvidaram de mim.

O teto se abriu e me senti livre. Repeti essa palavra por anos e ainda não entendo o que quer dizer. Ele mirava para a frente e, com sorrisos ocasionais, enumerava uma lista de possibilidades: nadar na piscina do centro comunitário, arriscar xadrez na praça. Eu só conseguia pensar na pergunta sobre como eu me sentia e queria dar resposta, mas nada vinha, tinha medo de me apegar ao espaço fora da cela. O homem alterou a rota até o centro para ladear o mar. Virei o rosto e encarei o vidro, querendo esconder as lágrimas. Tive a certeza de ver o homem que eu fui, sem rugas, voltando da praia com areia na calça. Era fácil rir de bobagens no bar da esquina e desafiar a água gelada da chuva quando o céu escurecia. Mas uma dessas tempestades trouxe a noite que não foi embora.

— Estamos perto agora — ele disse enquanto fechava o teto panorâmico e reduzia a velocidade na parte da cidade invadida por cores mais escuras, pichações e corpos perdidos vagando pelas calçadas. O rosto dele copiou o vermelho do farol e a voz ficou grave; contou que havia passado o novo endereço ao meu único parente que se dispôs a ouvi-lo. Eu sabia que só podia ser o pequeno. Sem escolha, a mãe o levava nas visitas e, apesar de saber que o perigo carregado no ar daquele lugar poderia atingir o menino sem aviso, eu precisava vê-lo para sugar dele alguma força. Depois que a mãe desapareceu desse mundo e ele já decidia por si, escolheu pela distância.

Chegamos a um prédio baixo, dois homens fumando na frente. Era uma moradia provisória para quem precisa reencontrar o eixo. Comecei com voltas pequenas no quarteirão e logo ampliei meus trajetos no ritmo que um homem de setenta anos pode encarar. Tinha a sensação de não ser visto. Não consigo medir o tempo que terei para atualizar minhas lembranças. O mundo mudou de rumo muitas vezes, ouvi sobre trocas de presidentes e campeonatos perdidos. Minhas músicas preferidas sumiram das listas de mais tocadas nas rádios. Vivi com uma trilha sonora de algumas orações e muitos gritos de desespero.

Tentei contato com o pequeno. Descobri o número de telefone e, toda vez que eu ligava, a resposta era o silêncio. Na maior parte da vida dele, eu não estava. Não estava na formatura, no casamento, não dei conselhos, não passei tardes bebendo cerveja vendo o dia terminar, não ensinei nada. Precisava falar sobre a dor que me causava essa distância para, quem sabe, ele curar a dele. Arranjei um caderno e escrevi no alto da página:

> *1976, início do inverno. Formávamos um grupo na esquina. Deveria ser diferente, mas estávamos acostumados às abordagens da polícia. Sabíamos o ritual. Mas, daquela vez, as feições traziam um peso diferente. Só eu fui levado. Me acusaram de ser autor de dois disparos contra uma jovem num parque perto dali; diziam ter provas, exigiam confissão. O jogo mental me induzia a seguir o caminho forçado, na ilusão de pena mais branda, como se quisessem me ajudar. Não encontraram sangue meu, nem digitais, só uma testemunha que colou meu rosto no corpo que viu de relance, correndo, na fuga imaginada depois do mal cometido. Fui condenado a um destino injusto, metido num quadrado escuro.*

Depois de quarenta e oito anos preso, meu corpo ainda reage com vertigem por não viver cercado. Ando devagar e cumpro meu caminho ainda incerto. Pauso a escrita e vejo a cidade acontecendo, enquanto tento me forçar a não morar mais no passado, sem saber onde guardar o peso de décadas de vida impedida de ser.

linha de vida

Í caro se viciou na sensação de fusão com a natureza nas escaladas dos paredões de cachoeiras incrustadas no planalto central. Sabia que o meio ambiente, se respeitado, não trai. Acabou enganado por outro da mesma espécie.

A vida exigiu mais que aventura. O recém-casado ganhou bebê e seguiu o conselho do amigo. Agarrou o emprego de limpeza de fachadas nos prédios da capital. A altura o transportava ao lugar desejado de isolamento do mundo, e a experiência o posicionou para o serviço no prédio mais alto da região. O trabalho exigia cautela, mas ele sempre fugia pela esquina da imaginação, intrigado pelo vidro que escondia quem estava dentro. Imaginava se o encaravam, se pensavam no perigo de ficar pendurado, desafiando a existência na distância da rua.

Desrespeitava as orientações de não olhar para baixo e se deslumbrava com o que conseguia enxergar de ângulos distantes. Via pessoas e automóveis que pareciam caber em suas mãos. Logo se dava conta dos lapsos e voltava à concentração que o trabalho pedia. Exposto, o corpo agradecia o sol da manhã e demandava pausa nas horas mais quentes. A repetição dos gestos o entregava de novo aos caminhos do pensamento; imaginava se as pessoas do outro lado dormiam, se a casa desarrumada se envergonhava, mesmo protegida pela película.

Naquele dia começou cedo e tentou não fazer barulho apesar da rapidez dos movimentos. Parou para o almoço quando atingiu a metade do prédio e surpreendeu o supervisor com os minutos roubados do relógio. Soube da reclamação de um morador do décimo andar; o homem se irritou com a figura pendurada fora de sua sala. Ícaro encerrou a jornada e disparou para casa, movido pela fome que furava o estômago.

Foi chamado de novo para o mesmo prédio no mês seguinte. Do alto, equilibrava o trabalho com o pensamento em fuga, lamentava a saudade do respingo da água da cachoeira no corpo e da força da queda lembrando quem era a dona dali. Na altura, agradecia a distância da confusão urbana e aproveitava para ordenar pensamento, planejar reforma da casa, fazer cálculo de quanto juntar para trocar de carro.

Voltou do almoço aliviado pelo silêncio do zelador. Nenhuma queixa. No meio da tarde, porém, ouviu gritos abafados e viu o rosto incendiado na janela. Controlou o tremor ao descer e descobriu que o homem alegava agora que Ícaro havia invadido sua privacidade, no esquecimento proposital de que, de onde estava, não poderia ver através da barreira do vidro espelhado.

Chegou a quase se esquecer do episódio, na fuga para o encontro com a cachoeira durante o feriado. O telefonema o mandando para o mesmo prédio na primeira hora do dia seguinte para terminar o serviço acabou com o sabor do domingo. Encarou a manhã enquanto as horas fingiam tranquilidade. Concluiu metade do trabalho, desceu, almoçou, contou piadas com o supervisor, ouviu detalhes expostos pela boca agitada do zelador sobre a vida de desconhecidos. Na volta às alturas, projetou o pensamento até a noite e se viu sentado no sofá com a família, assistindo a qualquer coisa na televisão antes de encarar a jornada seguinte.

A dezoito metros de altura, sentiu o tranco. Olhou para cima e gelou com a face do homem na janela exibindo alívio de quem se livra de uma mosca. Ícaro fechou os olhos e encontrou o sorriso do filho bebê à sua espera. Abandonou a distração e desceu segurando firme na linha de vida, cadenciando o trava-quedas, seguindo o treinamento para prevenir acidentes e, nesse caso, combater o absurdo. Com o funcionário a salvo, o supervisor confirmou que o homem do décimo andar havia cortado uma das cordas que o sustentava no alto.

Ícaro abandonou a semana, correu até a cachoeira, mas não escalou. Grudou os pés no chão e se deixou banhar pela água.

NOITE

perdeu a hora de ir embora

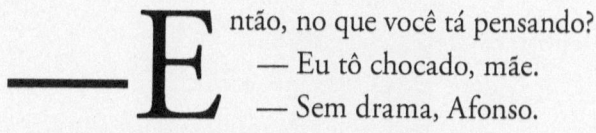

— Então, no que você tá pensando?
— Eu tô chocado, mãe.
— Sem drama, Afonso.
— O que tem de errado eu querer ficar?
— O mundo não se resume a essa casa, filho.
— Bem que achei tudo muito fora de propósito, você doando minhas lembranças do colégio, advogado pela casa.
— Quais são seus sonhos, o que você quer fazer?
— Aquele cruzeiro que você vai é no mês que vem? Eu posso tirar folga no trabalho.
— Você não vai ficar dançando no meio do mar com um bando de idosas de oitenta anos correndo atrás do Roberto Carlos.
— Você tem setenta e três.
— E você, quarenta e um. Essa casa é grande demais, nem cachorro a gente tem mais. Tem coisas que precisam ser vividas no seu tempo, meu filho.
— Eu não preciso de nada, mãe. Tenho meu emprego lá no banco, meu quartinho aqui.

— Não paga nenhuma conta, sem contar que nem sabe onde fica a vassoura.

— Nós jantamos juntos sempre. Isso não é bom?

— Só o almoço no domingo já seria suficiente.

— Nossa, parece que você quer que eu suma.

— Não, filho, eu é que quero sumir. Tem o cruzeiro, a excursão pra Bahia...

— Esqueci de perguntar: você chegou tarde ontem do baile, não? O corpo pode não aguentar.

— O que o meu corpo não aguenta é um filho que se recusa a ir pro mundo.

— Não precisa ficar nervosa, eu até olhei aquele apartamento, mas alugaram antes.

— Isso faz dois anos, Afonso.

— Tá com pressa pra eu sair por quê? Quer fazer o que aqui?

— Bom você perguntar. Estou pensando em vender; na verdade já tenho até comprador. Posso te ajudar a pagar seguro fiança, existe cheque caução ainda?

— Vender a nossa casa? O papai ia ter um troço.

— Pois é, meu filho, seu pai já teve o troço dele e, antes que eu tenha o meu, vou vender sim, e viajar. E você...

— Eu vou parar na rua? No sofá de algum amigo?

— Você é muito chato pra alguém te dar abrigo, Afonso.

— Não tô te reconhecendo mais.

— Arruma suas coisas; um mês tá bom pra mudança?

— Mãe, entrar na Justiça pra me despejar de casa foi demais.

— Eu te amo, meu filho.

o cortador de limão

Figurinha arranjou emprego na casa de esfiha bem longe de onde mora. Explicou que buscava um futuro diferente do passado, e o chefe só quis a garantia de que não teria confusão. Ele mentiu ter controle, e prometeu que não.

Era encarregado de cortar os limões que acompanhavam os pratos. Lavava um a um, colocava em uma tábua pequena e partia em quatro. Segurava a faca com força e disfarçava o medo de arrancar os dedos caso errasse a mira. Gostava de se distrair da tarefa maçante pensando que as tatuagens em suas mãos poderiam escorregar pela pia. Com o tempo, passou a gostar do momento que tinha para ordenar o caos na cabeça que provocava a sensação de constante enxaqueca. Já tinha cumprido sua pena, mas o corpo denunciava o pavor da alma quando via entrar os homens de uniforme e arma na cintura.

Pegava só um ônibus até o trabalho e, sempre faminto, podia comer quantas esfihas e kibes quisesse, e ainda tinha folga no domingo. Conseguiu alugar o quartinho perto da casa da mãe para construir vida com a namorada e o bebê que resolvera fazer parte desse mundo.

Quando os clientes se lembravam de agradecer, soltava um "eu que agradeço" com força que garantia verdade. Era grato pela chance de mostrar quem poderia ser. Gostava de ouvir as conversas e chegou até a decorar o gosto dos clientes mais assíduos. Preferia o turno do dia para não deixar a família recém-juntada à mercê dos malucos do bairro. Aprendeu a evitar as companhias que o seduziram com promessas de vida fácil e forçou sua saída de onde o destino insistia em apontar, mas sentiu o deboche do acaso. O ruivo que fazia par com ele no atendimento começou a se queixar da garganta, caiu doente e Figurinha teve que encarar a noite.

...

Figurinha está no balcão quando chegam e o cumprimentam sem palavras. Ocupam a mesa perto da porta e pedem uma quantidade exagerada de coxinhas, empadas e esfihas de quase todos os sabores. Um deles se levanta e, no caminho até a geladeira, é seguido pelos olhos do atendente, que implora e sabe que não será atendido. O garoto magro, coberto por um moletom maior que o corpo, pega duas garrafas de dois litros de refrigerante e volta para a mesa. Comem e dão gargalhadas. No silêncio repentino, conferem o ambiente. Figurinha sua, confunde os pedidos dos clientes no balcão, usa a expressão para indicar o perigo ao gerente, ao caixa, mas ninguém percebe. O conhecido de Figurinha dá o comando. O menino metido no moletom enorme tira a arma da cintura e outro passa recolhendo tudo: celular, carteira, anel, correntinha. Figurinha imagina o chefe dizendo que foi cúmplice, vê o choro da mãe por ter acreditado na mudança, a decepção do filho por carregar o sobrenome do pai marginal. Busca a faca e sente obrigação de cerrar esse vínculo, fazer entenderem que trocou de caminho. Pula o balcão, o rosto daquele que já foi amigo se vira para ele e as mãos trêmulas apontam a arma para o seu peito. Os policiais que faziam a ronda no bairro chegam para o lanche noturno. Começa o tiroteio. Caídos, Reginaldo larga a faca e vê Claudinho sem força para segurar a arma. Enquanto os olhos tentam continuar abertos, ele sente novamente os pés descalços no quente do asfalto dos sábados à tarde, e lembra que o amigo sempre usava cerol para roubar suas pipas.

a comida não esfriou de propósito

Eu fui despejado no canto esquerdo da sala, bem ao lado do braço do sofá, como quem se livra de algo que se tornou insignificante diante de uma nova realidade, imposta talvez por exaustão ou desesperança. Um motivo ou outro, a mim não importa. Há dias vivo em abandono.

Em cima do tapete, simulei uma posição indiferente, igual à de jovens sentados de pernas dobradas à mesa de jantar. Não me adaptei ao cenário de desleixo surgido desde aquela noite. Os ocupantes da casa não varrem mais os cômodos. Na cozinha, tentam levar algo à boca, mas pouco comem. Recheiam a pia com louça sem data para ser limpa. Bebem água e perdem lágrimas no intervalo de conversas encharcadas de angústia.

Saí com ele na última sexta. Costumávamos rodar a cidade e, depois do trabalho, nos perdíamos no baile até o dia trazer o sol. Eu fazia o possível para acomodar seus pés, mas, com a idade, cedi. Deixei sua carne exposta por um furo exibindo mais do que vergonha.

Nossa última vez juntos foi em uma noite congelante, com a neblina adentrando os ossos e revelando minha incapacidade de aquecê-lo. Ele estava especialmente irritado com o cansaço, a fila de pedidos, o dinheiro minguado. A mãe nunca foi à escola; só insistia com o filho para que continuasse o estudo. Queria ver o menino desafiar as letras e escrever as linhas com todos os "erres" e "esses". Ela costuraria um vestido para ir à formatura, compraria um sapato novo para ele e o veria quebrar o ciclo de penúria da família.

O tom das vozes invadiu as salas dos prédios altos. Vimos cabeças surgirem nas janelas, taças de vinho nas mãos e indignação pela interrupção do filme, da conversa, do romance, da ordem da vida de contas pagas e carros na garagem. Discutiram pela demora, o homem exagerado de músculos, cabelo raspado e traços retos no rosto o acusava de incompetência, descaso, inveja, de ter esperado a comida esfriar de propósito. Ele escolheu abandonar o ritual de baixar a cabeça. Decidiu gravar um vídeo no celular e vomitar seu basta em ser tratado feito lixo. Um tiro forçou seu silêncio.

Gostava de ser seu único par, apesar de ver minha decadência se aproximar. Na casa de chão frio e sofá encapado para esconder os rasgos, vesti impotência junto aos vultos que ainda simulavam vida.

MADRUGADA

perdi a bicicleta e caí no cangaço

Divido uma cela com dezenas de corpos suados que se revezam para poder dormir espichados, num calor desgraçado misturado com cheiro de urina e comida podre. Disseram que sou assaltante de banco e me jogaram aqui nessa sucursal do pior lugar desse mundo.

E eu que maldizia a rotina, lamentava quase infartar às cinco da manhã com o despertador invadindo meu sono como quem chuta a porta para entrar. Mas, naquela segunda-feira, acordei mais cedo porque cismei de emprestar a bicicleta que usava para ir trabalhar. O vizinho pediu tanto; precisava passear com a filha, coitada, fez aniversário no domingo e não teve nem bolo; ele só quis dar uma volta, aí parece que caíram lá pela curva do final da rua e a menina até machucou o joelho. Nunca tinha visto bicicleta no estado que ele me entregou. Prometeu pagar tudo, mas no fundo nós dois sabíamos que ficaria resolvido assim, ele com os gastos dos curativos da filha e eu com o prejuízo.

Sem transporte, saí para o trabalho às quatro da manhã porque cliente não quer saber de onde vem o padeiro, só quer o pão quentinho para espalhar a manteiga antes de cair no dia. O escuro da noite ainda escondia o que me esperava pela frente, e eu senti até um pouco de medo quando cruzava o centro deserto. A bicicleta parece que serve de defesa para correr dos loucos e do povo ruim que perambula sem parada; a pé não adianta mostrar pressa e qualquer ataque pode alcançar o corpo.

Decidi passar pela rua dos bancos para cortar caminho até a padaria, a duas quadras dali, quando fui forçado a parar por duas pick-ups rasgando pneu e carregando tanto homem que nunca imaginei que coubesse. Pensei que fosse bando de fã voltando do show do sertanejo famoso que tocara por ali, e logo minha própria mente mudou o pensamento de rumo, me explicando que fã não usa balaclava nem carrega arma comprida na mão.

Dois deles vieram na minha direção, gritando o que eu não conseguia entender, as metralhadoras que só tinha visto em filme chegando mais perto de mim, e somente nós na rua do centro da cidade que ainda estava de olhos fechados.

Num grito que quase não saía para não irritar, eu só conseguia repetir que precisava trabalhar, para eu poder bater o ponto, como todos os dias, e assar os pães, porque quando a porta de ferro sobe já tem gente fincada na calçada, esperando sem paciência. Um deles chegou bem perto e aqueles olhos esbugalhados me disseram para ficar quieto. Eu obedeci, fui amarrado e jogado dentro da agência bancária.

Tentava me proteger dos cacos de vidro da porta estilhaçada, enquanto uns vigiavam a rua e outros sumiam pelos fundos. Senti uma dor imensa nos ouvidos e tive a certeza que nunca mais escutaria nada depois da explosão. Subiu muita fumaça e ouvi riso misturado com grito. Então um deles chegou perto, liberou minhas mãos, foi me empurrando com a ponta da arma até o fundo do banco e ordenou que eu ajudasse a recolher o dinheiro.

Minha cabeça ficou transtornada como nas vezes que peguei febre alta; escutava palavrões, ordens para encher o saco o mais rápido possível, ao mesmo tempo que pensava na bicicleta, na desgraça que o vizinho fizera da minha vida, no que eu faria se tivesse tantas notas de cem como aquelas, na certeza de que seria morto por aqueles rostos escondidos e na decepção do povo que busca pão cedo na padaria.

Depois de uns minutos eternos, o mais alto deles berrou para todos carregarem o que conseguiram juntar e seguirem para a saída. Foi aí que um clima de total desespero chegou com as sirenes que ouvimos à distância. O primeiro grupo conseguiu subir no carro e sumir por um lado da avenida, o outro motorista cedeu ao nervoso, errou caminho e foi parar na frente de um cerco de homens fardados, armados e com uma mistura de pavor e muita raiva no rosto.

Soube naquele instante que não tinha nenhuma saída boa para mim. Ouvi muitos tiros e me abaixei, logo depois senti os chutes nas costas e no estômago, e meu corpo desmaiou por não sei quanto tempo. Quando acordei, chacoalhava algemado no fundo do camburão da polícia a toda velocidade.

Eu sempre gostei de ver o dia amanhecer, pensava que era uma recompensa pelo meu trabalho, só que dessa vez o céu claro só trouxe agonia. Implorei para voltar para casa. Lembrei que minha mãe sempre falava para sair com documento e eu carregava a carteira de identidade, só que deveria ser a carteira de trabalho, para mostrar o registro, quem sabe fosse uma prova de que eu não era bandido.

Os policiais riam, chamavam os outros do bando de meus amigos e diziam que eles tinham tanta história no crime que daria um livro. As palavras pareciam desconexas, mas iam se juntando e formando minha sentença: roubo, explosivos, banco, cangaço. Chamavam de cangaceiro esse povo que se veste de coragem e um pouco de loucura, e sai explodindo banco em cidade sem defesa. Eu queria explicar que era padeiro, que cangaceiro só tinha visto na televisão, que precisava trabalhar, talvez o patrão entendesse meu atraso.

Agora minha mãe só faz correr atrás de advogado, perdeu o trabalho de copeira e sente o corpo queimando com os olhares do povo da igreja. Na primeira visita que conseguiu fazer, ela mentiu. Disse que não tinha chorado, que as olheiras eram de noites maldormidas pelo barulho do vizinho. Eu vi nos olhos dela: quem fica fora das grades também é condenado.

fora do trem eu também existo

O turno da madrugada no hospital tinha um peso de solidão. As imagens dos acompanhantes preocupados com os pacientes se dissolviam com a noite e parecia que os corredores ganhavam mais alguns metros a serem percorridos.

A enfermeira-chefe disse que novatas como eu aprenderiam com calma em horário sossegado, e na internação, longe dos baleados, das fraturas expostas, dos vômitos, da urgência de atendimento. Fiquei encarregada da medicação da dona Clara, oitenta e seis anos, pressão alta, infecção urinária.

— Assim eu não consigo dormir — dona Clara resmungou em tom baixo, como se só para ela ouvir. Quando me viu, sentou-se na cama e esticou até o peito o lençol que cobria as pernas.

— Boa noite, como a senhora está? Só preciso medir sua pressão e dar o remédio.

— Cadê a enfermeira que me atendeu antes?

— Já mudou o turno, dona Clara. Pode esticar o braço?

— Chama a encarregada, mocinha. E minha acompanhante, onde está?

A enfermeira-chefe estava terminando um atendimento e demorou alguns minutos para ir até o quarto da mulher. Sempre muito controlada, como aquelas que não se dobram com a dureza da profissão, fala com os doentes como professora, explica, faz pausa, pergunta se entenderam.

— Essa mocinha está apta a me atender?

— Aconteceu alguma coisa, dona Clara?

— Eu pago muito caro pelo plano de saúde, preciso de um atendimento impecável. Cadê minha acompanhante?

— Ela avisou que ia tomar um café.

— Pode perguntar, eu não sou racista, até temos lá em casa uma funcionária igual a ela. Mas saúde é coisa séria.

Conforme vou tentando viver a vida como eu quero, entendo mais o que sempre escutei em casa. Meu pai avisou sobre uma mentira que insistiam em nos contar. Ouvia que podemos estar onde quisermos e eu me perguntava se era sempre a única preta nos trabalhos que arranjei simplesmente porque as outras escolheram não estar ali.

Dona Clara olhou para mim com uma expressão que eu já tinha visto no rosto do menino da escola que me ouviu dizer no recreio que gostava dele. Eu revivi aquela feição de repulsa, que vai distanciando o rosto devagar com um entortar de nariz igual a quem sente cheiro ruim no ar.

— Acho ótimo você ter a oportunidade de trabalhar, mas...

— Mas é só eu ficar onde a senhora permitir que eu fique? É isso, dona Clara?

A enfermeira-chefe deu um passo à frente e esticou o braço direito, obrigando o meu afastamento. A partir daquele momento eu não existia mais no quarto, e, enquanto a dona Clara recebia a medicação, já fui me preparando para minha demissão.

Chorei até amanhecer enquanto a enfermeira-chefe dizia que não era hora para drama, mas que eu deveria valorizar meu trabalho naquele hospital de ponta, deveria ter lembrado que a dona Clara é parente de governador e que as outras mulheres negras que já trabalharam lá nunca tinham passado dos limites como eu.

Na saída do hospital, parei na banca de café na porta da estação de trem e tentei engolir aquele líquido quente para ajeitar um pouco o alvoroço que eu sentia por dentro, mas ficou tudo embolado na garganta com as palavras que saíram e com o que eu ainda queria falar.

Levei advertência e suspensão. No trem, voltei a ser maioria.

a gente caminha no breu

O coração de Fátima ainda se esquece de não disparar quando o despertador corta seus sonhos às quatro e dez. Ela sempre tenta barganhar com o tempo, adia até quatro e doze, quatro e quinze, só pra ter a sensação de que pode concluir a história que constrói de olhos fechados. Acelera o banho e liga a cafeteira enquanto coloca o brinco e põe o sapato. Espera que o cheiro do café deslize pelo ar e chacoalhe com leveza o ombro dos meninos na cama encaixada ao lado da sua. Ela para na frente dos dois, os olhos deles desenham um risco que denuncia o quão longe estão, talvez sonhando em andar de bicicleta na rua ou acenando para a mãe enquanto conseguem sobrevoar o campinho de futebol. Ela esfrega as costas dos dois e sufoca a insatisfação em fazer aqueles corpos pequenos serem expulsos da cama ainda no escuro. Eles reclamam, mas já conhecem a rotina.

Olho de Peixe nem precisa parar a moto e Ligadão pula na garupa sem dizer nada. Eles se misturam às sombras e, sem enxergar para onde vão, fingem que vieram de lugar nenhum. Aos vinte e poucos, não conseguiram se desvencilhar dos erros de quando eram "de menor". São os filhos mais velhos de famílias numerosas. O pai de um apareceu na televisão, estirado na frente do bar, virando selfie para o povo da rua anestesiado pela cena comum. O do outro sumiu quando ele tinha sete, a mãe quis amortecer o sofrimento com umas pedrinhas e acabou soterrada. Na rua, deixam os ruídos da moto abafarem os gritos embolados na garganta.

Everton e Welington são sacudidos de leve pela mãe, enfiam os rostos pequenos no travesseiro, quem sabe ela desiste e deixa ser sempre domingo. Fátima coloca em cada um uma blusa de frio grossa para enfrentar os dez graus daquela promessa de dia gelado, mete nos pés as meias com desenho de carrinho, compradas iguais para não dar briga, e ajuda os corpinhos a colocarem a mochila nas costas. Seguem em silêncio até a casa ao lado. Silvana abre a porta com o desgosto de enfrentar mais uma vez a mesmice da qual sonha em escapar, passa a mão na cabeça dos meninos e os dois se espremem no sofá. Depois que teve sua menina aos dezessete, largou a escola e foi morar com o namorado. Ele diz que faz entregas de bebidas durante a madrugada e conta histórias de festas que nunca acabam. Ela responde com "hum hum" e "tá bom". Ajuda a vigiar mais duas crianças da rua e abriu conta no banco para colocar parte do dinheiro. Não contou para ele. Não sabe o porquê, só sentiu que deveria ser assim.

Os dois descem da moto em frente ao boteco que nunca fecha e Ligadão toma uma dose; gosta de como o líquido transparente queima por dentro. Olho de Peixe fica na porta vigiando os lados, implorando que não chegue quem ele sabe que o persegue. Os dois se conhecem desde pequenos, formavam time nas partidas no campinho e firmaram amizade quando largaram a brincadeira para virar aviãozinho.

Fátima sobe a ladeira com a sapatilha preta de sola gasta que algum morador descartou na lixeira do prédio. Para quem um dia já caçou almoço no lixão, o que acha no trabalho é coisa boa, praticamente nova e aparentemente limpa. Quando descartam roupa que ainda pode ser usada, deixam em uma sacola separada do lixo. Encontrou o sapato assim, com um quase furo no pé direito, mas ainda resistente por algum tempo. As caixas de pizza e latinhas de cerveja se avolumam na sexta-feira, aumentam no sábado e já não cabem nas lixeiras no domingo. A mulher se esquece das câmeras e vira as garrafas de vinho para molhar a boca com um pingo daquele vermelho-sangue de gosto bom. O fôlego rareia na subida e ela diminui o ritmo; deixa aberto o aplicativo que mostra onde o ônibus está passando. Só encontra companheiros de caminhada na rua lá de cima, depois seguem mais três quarteirões até o ponto na avenida. Já se conhecem de nome e sabem onde trabalham. Gritam para o motorista quando um deles fica para trás e se espremem na escada do ônibus para que a porta possa ser fechada. Na bolsa, o batom vermelho comprado da colega de faxina, a capinha de celular que tentaria vender para o porteiro e o chocolate que comprou no trem. A alguns passos de onde se juntaria ao bando da madrugada, ela se assusta com o barulho do escapamento explodindo o ouvido.

Olho acelera, avança pela calçada e Fátima joga o corpo contra o portão de uma casa, o coração apressa o ritmo com os dois rostos cobertos grudados em corpos pequenos. Ligadão desce da garupa com algo na mão que ela não consegue enxergar, grita, aponta para o celular e a bolsa, pede pressa, pergunta se ela quer morrer, chama a mulher de tia uma quantidade exagerada de vezes. Ela solta a bolsa e resiste em passar o telefone, só por reflexo implora, tenta explicar que ainda faltam dez parcelas. Ele encosta o objeto gelado na testa dela, pergunta de novo se a mulher quer morrer, "quer? quer?", como se ela tivesse mesmo que responder. Fátima tomba com o empurrão de Ligadão, ele soca tudo na mochila e escolhe uma voz num tom suave destoante para dizer: "Desculpa aí, tá? é o nosso trabalho, tia."

só você me escuta no escuro

É uma da manhã e você não dorme. A luz do corredor se esgueira pelo vão da porta e chega até sua cama. Do seu lado esquerdo, você toca a parede gelada, deixa a mão encostada até o frio do cimento encontrar o que te congela por dentro. Do lado direito, a fileira de camas. A casa de três andares separa meninas e meninos em quartos para dez ou quinze, colchões estreitos e armários para guardar o que não têm. Você não sabe como chegou aqui, vê os outros indo embora aos poucos, e seus treze anos parecem te condenar à rejeição. O casal prometeu voltar e você não dorme. O homem te encara de longe com uma expressão que rouba seu sorriso. A mulher passa a mão no seu cabelo, todo solto e todo crespo, os dedos enroscam e ela caça um elástico na bolsa, diz para deixá-lo sempre preso e te dá uma boneca de plástico, sem roupa, braços bege abertos. Seu primeiro presente.

Te deram um nome que você não gosta de repetir; tenta cavar na memória quem você é e nada vem. A visita já faz uma semana e eles não voltam. A menina da cama ao lado tem certeza de que sumiram, diz que ninguém quer crianças como elas. Você dá as costas porque não quer ouvir, mira a parede e deixa a amiga de plástico de pé, gelando o corpo, encarando sua alma. Você vê os olhos dela aumentarem de tamanho e, na escuridão, ouve sua voz. Ela conta que será sempre assim, só vai falar no breu total, e só você vai escutar. Diz pra você separar a saia rosa, evitar o uso da única sandália pra não gastar muito e esperar só mais um pouco, logo o casal volta e não vai mais sentir frio nem vai ver as outras camas se esvaziarem, quem sabe vai descobrir o que é colo, a mulher pode até cortar suas unhas, ver se limpou as orelhas, e você vai ter certeza de que o mundo não te esqueceu.

É de manhã e eles aparecem com o sol. Num saquinho plástico, você coloca a sandália e a camiseta com uma rosa enorme desenhada. Tem a boneca na mão e o cabelo preso com força de puxar os olhos. Ele não te olha, ela se abaixa, abre sua mão e te dá um saquinho cheio de balas. Ela não passa a mão no seu cabelo. Você espera sentada, com o coração pulando, imagina-se atravessando a porta, ensaia um gesto de tchau. Lembra do que ouviu no quarto de madrugada: não olhe para trás.

O apartamento é tão grande que você pergunta com quantas pessoas o casal divide o lugar. Só dois filhos, a mulher responde com o rosto virado para o lado. Você se joga no sofá e imediatamente ela te faz jurar que não vai fazer mais isso. Vocês vão para a cozinha, tem um bolo em cima da mesa, mas ela não te dá. Ela vai na frente e você atrás, devagar, com o cheiro de comida grudado no nariz; vocês entram num retângulo estreito sem janela, é o seu novo quarto. Ela sai e você fica parada, de pé, examina o colchão sem cama, as caixas de papelão amontoadas num canto. Você se deita e espera. A mulher volta com uma bandeja, larga no chão e sai sem falar. Um copo de leite frio e um pãozinho sem nada. Você come e não entende por que ainda sente frio.

A mulher te ensina a ver as horas. Explica que você precisa estar pronta todos os dias às sete e só pode voltar para o quarto às nove, quando for escuro. Domingo pode até parar mais cedo, depois de passar um pano na casa. Diz que você só pode comer o que estiver separado em cima da mesa, jamais pegar nada da geladeira, e te manda limpar os banheiros. Os filhos parecem mais velhos. Você limpa as privadas, as pias, quase escorrega no piso molhado, passa pano úmido pra tirar o pó do carpete de madeira dos três quartos e da sala comprida. Vai para a cozinha levada pelo cheiro de frango assado, senta à mesa e a cozinheira tenta te contar sobre a vida com palavras que você não entende. Você ouve a mistura de frases gritadas se aproximando: ainda falta o escritório, esse lugar não é seu, não me responda, eu te fiz um favor. Almoça arroz e ovo frito. Ainda tem que limpar a sacada, levar o lixo até a garagem. A mulher que prepara a comida diz que também começou cedo, com o tempo acostuma, pelo menos tem um teto. Seu corpo dói, você apaga a luz e lembra do esconde-esconde, quer correr e dar risada e rodar até cair. Ouve que precisa dormir porque o relógio toca antes das sete.

A cozinheira desce com você pra te mostrar o bairro, onde fica mercado, padaria. Você vai começar a fazer algumas compras sozinha. O porteiro pergunta quem você é e a mulher responde que foi adotada. Você já ouviu muito essa palavra, só tinha a impressão de que essas letras juntas queriam dizer outra coisa.

Quando a cozinheira não vem, você passa o dia sem ouvir sua própria voz. Não cantou mais depois da bronca que levou da mulher pedindo silêncio. Passa com balde, vassoura, aspirador, e tenta não fazer barulho porque já ouviu do homem que até a sua respiração o enerva. Ninguém fala com você, e isso te faz imaginar se as pessoas podem te ver.

Aprendeu a suportar a semana amparada pela espera das tardes de domingo. A nota de vinte reais colocada embaixo da sua porta enche seu peito com um pequeno alívio, sabe que vai poder gastar com bolachas no mercado, comprar chiclete na padaria. Deve usar sempre a porta dos fundos e jamais atravessar a sala nos finais de semana, principalmente quando recebem visitas. Quando tem outras pessoas na casa também não pode deixar o quarto; os convidados precisam ficar livres, passeando entre a cozinha e o resto da casa. Você deita no colchão, cada vez mais fino, e observa a luz amarela se espremendo pela fresta na porta. As noites iguais de antes, só a cama era menos dura. Você a ouve e ela te ajuda a inventar uma fuga. É só fechar os olhos e ir para onde sonhar.

Você então vê muito verde e, no parque cheio de crianças, um homem vende algodão-doce. Crava a vista nas cores das bolas de sabão. Elas explodem e você as cria de novo. E enche, enche, elas explodem e você enche tudo de novo. Pensa que talvez esse seja o sonho e sua vida está lá, naquele parque, e pode voltar quando quiser. Mas não pode limpar a casa de olhos fechados.

Sua rotina inclui agora passear com os cachorros que a mulher arranjou depois que os filhos partiram. Você não sabe para onde foram, ouviu que para ir até ele é preciso pegar avião. Já ela preferiu o bairro do lado, e leva você às vezes para a faxina do apartamento ainda maior. O silêncio aumentou na casa, o que ajuda você a escutar o alerta dela no escuro, quando a mulher sai, os passos dele se aproximam da sua porta e as mãos enormes forçam a fechadura. Você consegue uma cama depois de reclamar de dor nas costas e ouvir da mulher que não poderia ficar sem o seu serviço. A filha deixa o bebê com você algumas tardes e, como precisa interromper a limpeza, passa das dez da noite na lida. Você não foge mais para o parque que carrega na lembrança inventada, vê-se agora sentada na varanda de uma casa, olhando a rua, só não sabe se pessoas como você podem não fazer nada. Você volta para a vida enjaulada no apartamento da mulher, vai tirar pó e catar sujeira de cachorro no meio da sala.

Os vinte reais de domingo viram cinquenta e você passa as tardes no banco da praça da rua detrás do apartamento, às vezes toma sorvete, vê mulheres vestidas de branco, criando filhos de outros. O que sobra do dinheiro você guarda num saco, usa o cartão da mulher, mas não sabe onde conseguir um. Conversa um pouco com os porteiros e lembra que não pode contar detalhes da rotina; a mulher já avisou que esse povo não é confiável. O corpo lateja, suplica uma pausa. Mas agora, além da limpeza, dos cachorros, do bebê, você acompanha a mulher nas consultas ao médico, deixa que ela se apoie no seu braço desde a queda no banheiro. O homem não sai mais do quarto e você agora tem que ajudar no banho e precisa socar comida na boca torta dele. Os cinquenta reais começam a rarear e, mesmo no escuro, você não a ouve mais. Não sabe se o que sente é saudade, só entende que não vai recuperar o que perdeu.

...

É cedo e você escuta a campainha e batidas na porta. A mulher manda abrir e entram vários homens, metidos em roupa escura, perguntando seu nome. Ela diz que você é funcionária, eles pedem sua carteira de trabalho. Seu coração salta como em seu primeiro dia aqui, você sua e treme, os homens oferecem água e te fazem sentar no sofá. Você diz que não pode, eles insistem que você pode. Perguntam sobre férias, você diz que quase sempre tem as tardes de domingo depois de ajeitar a casa. Querem saber qual seu salário e você lembra dos cinquenta reais que a mulher chama de agrado. Explica que sempre deixou a casa em ordem, cuidou do bebê, dos cachorros e agora dos dois, velhos como ela, talvez um pouco mais. Perguntam quem sabia de sua condição e você conta da cozinheira, dos porteiros, dos filhos da mulher, dos médicos, do caixa da padaria, das mulheres da praça. Todo mundo vê, você diz. Eles falam em direitos e você duvida. Dizem que você tem sessenta e cinco anos e que, com o dinheiro que vai receber, poderá escolher onde morar. Você escolhe ficar onde está, sem os velhos, com as despesas pagas pela família, e cuidador para te acompanhar a envelhecer.

Você ainda acorda antes das sete. Senta no sofá, com medo de ouvir a bronca de quem não está mais ali. Os homens disseram que receberam uma denúncia e você tem certeza de quem foi. Ela parou de falar com você no escuro, mas se negou a ser falta na vida preenchida pela ausência.

FONTE Adobe Garamond Pro
PAPEL Pólen Natural 80 g/m²
IMPRESSÃO Meta